AVIS

AUX POËTES LYRIQUES,

OU

DE LA NÉCESSITÉ

DU RHYTHME ET DE LA CÉSURE

DANS

LES HYMNES OU ODES

DESTINÉS A LA MUSIQUE;

Par N. E. FRAMERY, du Lycée des Arts.

IMPRIMÉ PAR ORDRE DU COMITÉ D'INSTRUCTION PUBLIQUE;

A PARIS;

DE L'IMPRIMERIE DE LA RÉPUBLIQUE,

Brumaire, au IV.

AVERTISSEMENT

DE L'AUTEUR

Il a paru, il y a une trentaine d'années, un petit ouvrage de *Chatelux*, sous le titre d'*Essai sur l'union de la Poésie et de la Musique*, où sont exposés les principes développés dans l'écrit suivant. Chargé de la rédaction du Diction-naire de Musique dans l'*Encyclopédie métho-dique*, j'y ai répandu ces mêmes idées aux différens articles qui les comportent. Quelques compositeurs distingués, pénétrés du sentiment de leur utilité, m'ont engagé à les rassembler et à les publier séparément. Cet écrit, présenté au Comité d'instruction publique, a été soumis à l'examen du jury des livres élémentaires. Sur son rapport, le Comité d'instruction publique en a ordonné l'impression et la distribution aux sociétés savantes, par l'arrêté suivant, en date du 6.ᵉ jour complémentaire de l'an 3 :

« Le Comité, après avoir entendu le rapport de
» la première section, sur le jugement porté par
» le jury des livres élémentaires, sur le manuscri

» du citoyen *Framery*, intitulé : *De la nécessité du*
» *rhythme et de la césure dans les hymnes ou odes*
» *destinés à la musique*, arrête que cet ouvrage
» sera imprimé à l'imprimerie de l'Agence des lois,
» au nombre de mille exemplaires, pour être
» envoyés, tant au conservatoire de musique,
» qu'aux sociétés de gens de lettres et artistes. Il
» en sera remis en outre au comité un nombre
» suffisant pour la distribution aux membres qui
» le composent.

   » La commission exécutive de l'instruction
» publique demeure chargée de l'exécution du
» présent arrêté. »

     Signé FILANTHENAS, *président ;*
      GRÉGOIRE, DELEYRE, LAKANAL,
      CREUZÉ-PASCAL, MERCIER,
      WANDELAINCOURT.

   Puissent ces réflexions servir à l'avancement
d'un art qui fait la consolation de toutes les
âmes sensibles !

DE LA NÉCESSITÉ
DU RHYTHME ET DE LA CÉSURE
DANS
LES HYMNES OU ODES
DESTINÉS A LA MUSIQUE.

ADRESSÉ AU CONSERVATOIRE NATIONAL.

LA musique est donc enfin rendue à son insti-
tution première, celle de célébrer les actions
éclatantes ; de faire le principal ornement de nos
fêtes ; de leur donner un caractère plus auguste
et plus solemnel ; d'attacher les citoyens les uns
aux autres par des chants religieusement patriotiques ; d'exciter en eux des passions douces et
vertueuses par les charmes de la mélodie, et de
faire naître dans leurs ames cette harmonie tou-
chante qui règne dans ses accords.

Les Grecs, nos modèles dans presque tous les
arts, avaient bien senti les avantages de cette
destination ; aussi, chez eux, l'*ode*, ce genre de
poésie particulièrement consacré aux fêtes, était-il

A

le mieux cultivé. Ce mot *ode*, dans leur langue, signifie *chant*. Ce n'est pas que toute la poésie des anciens ne fût chantée ; mais celle qui n'offrait qu'un récit continu de faits, de sentimens ou de descriptions successives, comme la poésie épique ou les dialogues employés au théâtre, n'était débitée qu'en sons soutenus, distingués seulement par les accens de la langue, sans être assujétis à une mesure uniforme, et accompagnés de divers instrumens distribués avec *harmonie*, soit qu'ils entendissent ou non ce mot dans le sens que nous lui donnons aujourd'hui (c'est encore un problême) : cette espèce de chant était appelée *mélopée*.

Mais l'*ode*, ou le chant proprement dit, exigeait des formes plus rigoureuses, plus symmétriques. Chaque syllabe qui servait à en composer les vers, avait sa valeur déterminée d'avance ; le poëte ne pouvait en placer une longue ou une brève à son choix ; chaque vers devait être, avec tous ceux de la même strophe, en correspondance ou en opposition, et il fallait que chaque strophe fût, pour la mesure, tellement semblable à toutes les suivantes, que le chant qui convenait à l'une, pût également convenir à l'autre, sans que la prosodie en souffrît la moindre altération. Ainsi le genre de mesure que le poëte avait adopté pour sa première strophe, était le modèle invariable de toutes les autres.

Telles sont les *odes* de Pindare et d'Anacréon ;

telles sont celles d'Horace et de Catulle ; tels sont aussi ces chants conservés, sous le nom d'*hymnes*, dans les églises chrétiennes. Il est bon d'observer que si les Grecs donnaient le nom générique d'*odes* aux chants réguliers avec lesquels ils célébraient la gloire des héros et les actions profanes, ils distinguaient par la dénomination particulière d'*hymnes*, ceux qu'ils consacraient aux cérémonies religieuses, à la louange des immortels. Pour les Français, dont la première religion est l'amour de la PATRIE, qui n'ont d'autre culte public que celui de cette divinité, les mots d'*hymnes* et d'*odes* sont à-peu-près synonimes, ou plutôt toutes leurs *odes* sont véritablement des *hymnes*, c'est-à-dire, des chants sacrés.

On aurait tort de croire que c'est d'après une invention purement arbitraire, et par le seul caprice des anciens poëtes, que les vers des *odes* ont été soumis à cette scrupuleuse uniformité de mètre, à cette exacte concordance de mesure : c'est l'alliance de la poésie avec la musique qui l'exige impérieusement. Car indépendamment de ce que la symmétrie est la base, et peut-être le principe unique de tous les arts, l'art musical est plus particulièrement asservi à ses lois. C'est par sa propre essence que la musique est symmétrique. Les sons qui la composent sont alternativement longs et brefs, forts et faibles, consonnans et dissonnans. Les musiciens savent très-bien que de quatre notes égales en apparence,

la première a plus de valeur que la seconde , la
troisième que la quatrième ; que tous les temps
impairs sont forts, et les temps pairs plus faibles;
que même alors qu'une seule note remplit la mesure , cette alternation existe encore ; et ils la
distinguent dans la durée de cette note , comme
le dessinateur habile distingue le nu sous les
draperies d'une statue.

(Les musiciens n'ignorent pas non plus que les
mesures entre elles ont la même alternation, quoi-
qu'un peu moins sensible ; que la seconde mesure
d'une phrase a plus d'accent que la première , et
la quatrième plus que la troisième ; ou que, si
c'est la première qui porte l'accent, il sera moins
marqué dans la seconde , davantage dans la troisième , et que la phrase n'aura que trois mesures :
enfin les compositeurs ont remarqué que toutes
les fois qu'ils n'ont pas à peindre de ces passions
tumultueuses et successives , qui obligent à une
sorte de désordre ; toutes les fois qu'ils veulent
produire un chant régulier, ils sont naturellement
portés , même sans le secours de la réflexion , et
par le seul sentiment de leur art , à n'employer que
des phrases quarrées, c'est-à-dire composées d'un
nombre égal de mesures , et que ces phrases se
correspondent l'une l'autre dans l'ordre le plus
constant.)

(Si donc la symmétrie est tellement inhérente à l'art
musical ,) qu'elle en tire même son nom (puisque

symmétrie signifie *égalité de mesure*) ; si dans les chants réguliers il est impossible de se soustraire à ses lois, et si la nature même de l'*ode*, plus que tout autre genre de poésie, exige un chant régulier, il faut donc que le poëte s'asservisse aux mêmes règles, et qu'il donne d'avance à ses vers cette uniformité de rhythme, indispensable au chant dont ils doivent être revêtus. Comme ce chant, composé sur une seule strophe, doit convenir également à toutes les strophes suivantes, on conçoit facilement que si le rhythme adopté dans la première n'était pas rigoureusement suivi dans les autres, la prosodie en serait insupportablement altérée; et la prosodie, malheureusement trop négligée de nos jours, est une des parties les plus essentielles du chant. Ce qu'on dit ici de l'*ode*, ou de l'*hymne* divisé en strophes égales, appartient aussi à toute espèce de poésie composée de plusieurs couplets.

Mais, dira-t-on, pourquoi nous proposer de nouvelles entraves ! Ce n'est pas de ce jour que l'on commence à faire des *odes* en langue française. Depuis *Malherbe*, ce genre de poésie semble avoir acquis le degré de perfection dont il est susceptible, et jamais on ne nous a parlé de rhythme; il a suffi, jusqu'à ce moment, que la longueur de chacun des vers de la première strophe, déterminée par le seul nombre des syllabes, servît de modèle aux strophes suivantes. Qu'est-ce d'ailleurs que ce

rhythme auquel on voudrait nous assujétir ! Ce
mot grec signifie *ordre , proportion*, et les Grecs
l'appliquaient à l'ordre dans lequel les valeurs des
notes longues ou brèves, les césures et les repos
se trouvaient placés. Mais la langue française, dont
les syllabes n'ont pas de quantité bien déterminée,
peut-elle l'admettre ? Veut-on nous obliger à diviser
les mots en syllabes longues et brèves, comme le
faisaient les Grecs et les Latins ?

Il faut répondre à ces diverses objections. Ce n'est
pas d'aujourd'hui, sans doute, que l'on fait des *odes*
françaises : nous en avons de très-belles, et l'on ne
prétend pas proposer une poétique nouvelle pour
ce genre. Mais nos *odes* jusqu'ici n'étaient pas
destinées au chant; et quand le poëte paraissait
seul dans la carrière, il pouvait la parcourir avec
plus de liberté que lorsqu'il est obligé de régler
ses pas sur ceux du musicien auquel il s'associe,
et qui a aussi les règles de son art à observer.
Semblables alors à deux coursiers attelés à un
même char, doivent-ils marcher avec une allure
différente ! Ce n'est pas assez de mettre dans les
vers correspondans de chaque strophe, le même
nombre de syllabes; si les césures, si les repos
ne se rencontrent pas respectivement aux mêmes
places, toute prosodie est détruite. C'est ce que
des exemples vont bientôt éclaircir.

A l'égard de la division de nos syllabes en
longues et en brèves, il n'est pas douteux que

notre langue y gagnerait beaucoup du côté de la musique, et que le rhythme deviendrait bien plus sensible, si elle pouvait être suivie à la rigueur. C'est l'avantage des langues anciennes sur les langues modernes. Mais ce n'est pas cette division qu'on exige. Il suffit, au moins pour l'enfance de l'art (car il faut l'avouer, le traité d'alliance entre les paroles et la musique n'est pas encore bien convenu parmi nous), il suffit, dis-je, que les repos et les césures soient bien sensibles, et placés au même lieu dans les vers correspondans. Du reste, la langue française, comme on l'a dit, n'a pas de quantité assez bien déterminée pour que, d'un vers à l'autre, les brèves ne puissent tenir la place des longues, lorsqu'on n'est pas obligé de s'y reposer.

Autorisons par des exemples les lois nouvelles que doivent s'imposer les poëtes qui se destinent à faire des *odes*, des *hymnes*, toute espèce de poésie divisée en couplets égaux, appartenans au même chant.

(Le plus haut degré de perfection serait sans doute de placer, dans chaque couplet, les brèves, les longues, les césures et les repos, suivant un ordre absolument semblable), comme dans cet exemple pris au hazard des *Odes* d'Horace.

Jām sătīs — tērrīs — nĭvīs ātquĕ dīrǣ
Grāndĭnĭs — misīt — pătĕr, ĕt rŭbēntĕ
Dēxtĕrā — sācrās — jăcŭlātŭs ārcēs,
Tērrŭĭt — ūrbēm.

Tĕrrŭĭt — gĕntēs — grăvĕ nē rĕdīrĕt
Sœcŭlŭm — Pȳrrhæ — nŏvä mōnsträ quĕstæ;
Ōmnĕ cŭm — Prōtheŭs — pĕcŭs ēgĭt āltōs
Vīsĕrĕ mōntēs. &c.

L'ordre dans lequel sont placées les longues et les brèves ne varie pas davantage tout le long de l'*ode :* mais on avoue que la langue française n'offre pas, à beaucoup près, les mêmes facilités que la langue latine à cet égard, et ce serait restreindre l'art dans des bornes trop étroites que de l'y obliger. Voyons donc ce qu'ont fait les Italiens, nos modèles dans l'art de la mélodie, dont l'idiôme se rapproche plus du nôtre, et n'est de même soumis à aucune loi de quantité.

(*Métastase* est le premier poëte italien qui ait senti les avantages de l'égalité du rhythme pour la musique. Il s'y est conformé avec l'exactitude la plus scrupuleuse dans tous ses morceaux de poésie destinés au chant, et cette idée heureuse fit une telle impression sur tous les esprits, tous les poëtes italiens en sentirent si bien le mérite, que tout-à-coup, et pour ainsi dire au moment même de sa découverte, elle fut adoptée universellement.) En voici un exemple, tiré d'un petit poëme intitulé l'*Estate,* l'É T É. C'est une *ode* descriptive divisée en strophes ou couplets.

I.

Or che niega — i doni suoi
La stagion — de' fiori amica;

Cinta il crin — di bionda spica

Volge a noi — l'estate il piè:

e già sotto — al raggio ardente

Cosi bol = lono l'arene

Ch'alla bar = bara cirene

Più cocente — il sol non è.

2.

Più non hanno — i primi albori

Le lor ge = lide ruggiade

Più dal ciel — pioggia non cade

Che ristori — e l'erba e il fior.

Alimento — il fonte il rio

Al terren — più non comparte,

Che si fende — in ogni parte

Per desio — di nuovo umor.

Tous les couplets suivans semblent jetés dans le même moule.

Que tout compositeur qui saura seulement lire la langue italienne, essaie de faire un chant sur l'une de ces deux strophes, et il verra que, sans avoir consulté l'autre, le chant s'y adaptera parfaitement. Il en serait de même de tout le reste du poëme, qui contient quinze couplets. Il n'en est pas un qui ne puisse subir cette épreuve.

Si nous opposions à l'*ode* de Métastase une *ode* française, on nous objecterait que nos *odes* n'étant point destinées à la musique, le poëte a pu se dispenser d'assujétir les vers de ses couplets à un rhythme toujours semblable, ou du moins à des correspondances symmétriques dans les coupes et dans les repos. Tirons donc nos exemples de pièces composées pour être mises en musique, et prenons-les dans Jean-Baptiste Rousseau, le plus célèbre des poëtes lyriques français. Transcrivons, à l'ouverture du livre, quelques couplets de ses cantates.

   1   2   3 4   1 2   3 4
Un cœur jaloux — ne fait paraître
  1   2   3   1 2 3 4 5
Que des feux — qui le font haïr ;
  1 2 3 1 2 3   4 5
Et pour ê = tre toujours le maître,
  1 2   1   2 3   1 2 3
L'amant — doit toujours — obéir.

   1   2   1 2   3   1   2   3
L'Amour — ne va point — sans les grâces,
  1   2 3   1   2   1   2 3
On n'arra = che point — ses faveurs :
  1   2 3 4   1 2   3 4
L'emportement — ni les menaces
  1   2   3   1 2 3   1   2
Ne font point — le lien — des cœurs.

.On doit sentir déjà la différence. Dans l'ode italienne, le repos, ou la césure, est toujours après la troisième syllabe, et les vers sont constamment divisés de cette manière : 1 2 3 — 1 2 3 4, tandis que, dans les couplets français, la césure varie presque à chaque vers, au gré du poëte, et les vers n'ont aucune concordance dans leur division.

Autre exemple , tiré des cantates de *Rousseau.*

Qu'Éole — en ses gouf = fres enchaîne
Les vents, — ennemis — des beaux jours :
Qu'il domp = te leur bruyante — haleine ,
Et ne permet — te qu'aux amours
De voler — sur l'humi = de plaine.

Dieux du ciel — venez — en ces lieux
Admirer — un objet — si rare :
Avouez — que même — à vos yeux
Les beautés — dont la mer — se pare
effa = cent les beautés — des cieux.

N'allons pas plus avant, sans bien expliquer ce que nous entendons par *césure* et *repos.*

Dans les vers féminins, on ne compte pas la dernière syllabe, parce qu'elle se perd d'un vers à l'autre, et que l'avant dernière portant sur le *temps fort,* comme la dernière dans les vers masculins, c'est cette pénultième seule qui détermine la cadence et la longueur du vers. Ainsi, dans les vers alexandrins, on ne compte que douze syllabes, quoique ceux dont la rime est féminine en aient treize. Il en est de même des autres mesures.

Lorsque la voix qui déclame s'appuie dans les vers sur la dernière syllabe d'un mot, c'est ce qu'on appelle une *césure;* lorsque la syllabe sur laquelle on s'arrête n'est pas la dernière, mais seulement

une longue suivie de brèves ou de muettes, et sur
laquelle porte l'accent, c'est ce que j'appelle un
simple repos; comme dans ces vers italiens:

$$\overset{1\ 2\ 3}{\text{Così bollono. &c.}}$$

$$\overset{1\ 2\ 3}{\text{Le lor gelide. &c.}}$$

les syllabes *bol* de *bollono,* et *ge* de *gelide,* sont
longues et portent l'accent; c'est sur elles que la
voix s'arrête : les suivantes sont brèves, et font
partie du second hémistiche; la voix ne pourrait
s'y reposer non plus que sur l'*e* muet français. Il
en est de même des syllabes qui s'élident par la
rencontre de deux voyelles, comme *or che niega i
doni;* la syllabe *ga* se confond avec la suivante *i,*
comme s'il y avait *or che nieg' i doni,* &c. En français la règle est la même ; ainsi dans ce vers

$$\overset{1\ \ 2\ \ 3\ 1\ 2\ 3\ \ 4\ \ 5}{\text{Et pour être toujours le maître,}}$$

l'accent est sur la syllabe *ê;* c'est elle qui constitue
le repos. De même

On n'arrache point ses faveurs.

l'accent est sur la syllabe *ra;* c'est sur ces syllabes,
et jamais sur les suivantes, que tout compositeur
mettra le temps fort ; mais comme elles ne sont
pas la dernière d'un mot, je n'appelle pas cela
une *césure;* c'est la distinction que j'établis entre
césure et *repos,* qui, au surplus, font le même effet
pour la musique.

Revenons aux vers de *Rousseau.* Voici le tableau

numérique des césures ou repos dans les deux couplets cités les premiers.

1.er Couplet.　　　　　2.e Couplet.

4 — 4.			2 — 3 — 3.		
3 ——— 5.			3 — 2 — 3.		
3 ——— 5.			4 — 4.		
2 — 3 — 3.			3 — 3 — 2.		

Dans ces couplets on ne trouve aucune identité de rhythme entre le premier vers et le troisième, ni entre le second et le quatrième ; aucune identité non plus entre les vers correspondans des deux couplets.) Supposons cependant que le compositeur ait réussi à produire sur le premier couplet, malgré la différence des coupes, un chant passablement régulier, en pratiquant les temps forts sur les *césures* ou *repos*. Qu'arrivera-t-il ! c'est que ce chant ira sur le second couplet nécessairement à contre-sens des *césures* et *repos*, c'est-à-dire, que les ·syllabes qui devraient être sur le temps fort, se trouveront sur le temps faible, et *vice versa*.)

Passons à la seconde citation de Rousseau, et mettons de même en regard les rhythmes des deux couplets.

1.er Couplet.　　　　　2.e Couplet.

2 — 3 — 3.			3 — 2 — 3.		
2 — 3 — 3.			3 — 3 — 2.		
2 — 4 — 2.			3 — 2 — 3.		
4 ——— 4.			3 — 3 — 2.		
3 — 3 — 2.			2 — 4 — 2.		

Or voit que ces rhythmes ont les mêmes vices

que les précédens, et qu'une musique faite sur la première strophe, ne pourrait se chanter sur la seconde, sans que la prosodie y fût violée à chaque vers. Un autre défaut de ces strophes, c'est d'être composées de cinq vers. Le musicien sera forcé d'établir un repos après les deux premiers, et il lui en reste ensuite trois pour conclure sa phrase mélodique ; il ne pourra en faire quadrer la première partie avec la deuxième, qu'en répétant un des deux premiers vers, ce qui serait infiniment ridicule, du moins pour la première strophe.

Mais je veux bien admettre, contre toutes les lois du goût, contre le sentiment intime des oreilles exercées et délicates, que l'on puisse se passer de toute cette symmétrie, de cette correspondance entre un vers et l'autre, de cette analogie entre les diverses parties d'un même tout. Je consens à ce que le compositeur sacrifie toutes les convenances qui constituent son art, aux caprices, ou plutôt à la négligence et à l'impéritie du poëte : je conçois qu'il aura changé de rhythme à chaque vers, en renonçant à l'unité de motif ; mais toujours faudra-t-il convenir que le second couplet doit être coupé comme le premier : que le même rhythme, les mêmes repos doivent être exactement observés dans les vers qui se correspondent : or, c'est ce qui n'arrivera point même dans les cantates et autres pièces de vers destinées à la musique par des poëtes qui en ignoraient le méchanisme.

Pour rendre ces principes plus sensibles encore,
faisons-en l'application à cet hymne patriotique si
connu, si cher au cœur de tout bon Français,
qui si souvent accompagna la valeur républicaine,
et auquel on doit peut-être plus d'une victoire.
Analysons l'hymne des Marseillais.

1 2   3 4   1 2 3 4
Allons, enfans — de la patrie,

1 2 3 4   1 2 3 4
Le jour de gloire — est arrivé :

1 2 3   1 2 3 4 5
Contre nous — de la tyrannie

1 2 3   1 2   1 2 3
L'étendart — sanglant — est levé.

1 2 3 4   1 2 3 4
Entendez-vous — dans nos campagnes

1 2   1 2 3   1 2 3
Mugir — ces féro = ces soldats !

1 2 1 2 3 4 5 6
Ils vien = nent jusque dans nos bras

1 2 3 1 2   1 2   3
Égorger — vos fils, — vos compagnes.

1 2 1 2 3 4   1 2   1 2 3 4
Aux ar = mes, citoyens, — formez — vos bataillons ;

1 2 1 2 3 4 1 2 1 2 3 4
Marchez, — qu'un sang impur — arro = se nos sillons.

Cette première strophe, considérée seulement
du côté musical, serait plus parfaite sans doute,
si le même rhythme y était par-tout conservé ;
cependant elle est assez régulière ; on y trouve
au moins beaucoup de correspondance, sur-tout
entre les vers que le chant a mis ensemble en
opposition ; d'où il résulte une symmétrie suffisante.
Le second vers est coupé comme le premier ;
le quatrième comme le troisième ; le cinquième
reprend le rhythme du premier ; le sixième en offre
un autre ; mais aussi le compositeur a-t-il eu soin

de le distinguer par une expression particulière :
ce changement de motif et de modulation fait un
bon effet, au moins dans cette strophe ; et ce vers
d'ailleurs n'est pas isolé. Le septième, s'il n'y
correspond pas entièrement, en imite au moins la
première césure ; et le huitième reprend le rhythme
des troisième et quatrième. Quant aux deux der-
niers, divisés en césures de deux et de quatre
syllabes, ils se correspondent parfaitement entre
eux. D'ailleurs, comme ils forment refrain, qu'ils
n'ont pas besoin d'analogues dans les vers suivans,
puisqu'ils y reparaissent eux-mêmes, le poëte était
le maître de les couper comme il voulait.

Mais que deviendront les couplets suivans, si
on les soumet à la même analyse !

1   2   3 4   1 2
Que veut cette — horde — barbare

Les *e* muets des mots cette et horde, reposant
sur des temps forts, ne sont pas supportables.

1   2 3 4
De traîtres *de* — rois conjurés

ne l'est guère davantage.

Le quatrième,

Ces fers *dès* — long-temps, &c.

est d'autant moins admissible, que le compositeur
a extrêmement marqué le rhythme du vers qui lui
correspond dans la première strophe, où les deux
premières syllabes sont brèves, au lieu que les
syllabes *ces fers* sont essentiellement longues, sur-

tout la dernière; et ce qui est pis, c'est que dans le chant ces deux brèves vont se reposer sur la longue du temps fort; qu'ainsi ce rhythme 1 2 3 est absolument indivisible, et cependant l'hémistiche du vers n'est que de deux syllabes, *ces fers*, séparées même de ce qui suit par une virgule.

Peut-on souffrir aussi le sixième vers, celui où nous avons vu que le musicien a adopté un rhythme nouveau, pour lui donner une expression particulière! Le chant étant ainsi divisé 1 2 ⌐ 1 2 3 ⌐ 1 2 3, divise de même le vers,

1 2   1 2 3   1 2 3
Quels trans — ports il doit — exciter !

J'ajoute que cette expression particulière, cette modulation subite qui fait si bien sur le mot *mugir* dans le premier couplet, est entièrement perdue dans celui-ci; et c'est un avertissement à donner aux compositeurs, de s'attacher, dans les morceaux en plusieurs couplets, à offrir une expression générale, assez vague pour convenir à toutes les strophes indifféremment, plutôt que d'exprimer avec soin les idées du couplet qui doit servir de modele; car non-seulement le poëte peut donner à chacune de ses strophes un caractère différent, mais il doit même chercher cette variété pour n'être pas monotone; et si le musicien a exprimé avec trop de précision l'un des couplets, son expression sera nécessairement opposée, ou même contradictoire avec les autres. Encore moins doit-il hasarder l'expression particulière d'un vers, d'un hémistiche,

B

qui souvent ferait un contre-sens dans les autres
couplets, à moins qu'il n'en convienne avec le
poëte, et que celui-ci n'ait l'attention de placer
toujours un vers du même caractère à l'endroit
correspondant.

Les troisième, quatrième et cinquième vers du
troisième couplet, offrent les mêmes fautes.

<pre>
  1   2   3   1   2
Quoi ces pha langes mercenaires
  1   2 3   1   2
Terrasse   raient nos fiers guerriers!
  1   2   3   4
Grand Dieu par des — mains enchaînées
</pre>

Le quatrième couplet est plus passable, et le
chanteur en peut éviter aisément les fautes de
prosodie.

Voici celles qu'on remarque dans le cinquième.

<pre>
  1   2   3   4
Français en guer = riers magnanimes
  1   2   3   4
Portez ou re = TEnez vos coups.
</pre>

La syllabe *te* du mot *retenez*, fait un effet d'autant
plus mauvais, que le compositeur a placé là une
note syncopée, qui ne peut convenir qu'à la
dernière syllabe d'un mot, ou au moins à une
syllabe essentiellement longue.

Malgré les fautes qui viennent d'être relevées,
cet hymne est encore un des mieux faits pour la
musique. La chaleur des sentimens patriotiques
qu'il exprime, le caractère en même temps sensible
et guerrier qu'on trouve dans le chant, cette
heureuse opposition d'idées pathétiques et mili-
taires, tout a dû concourir au succès universel de

ce morceau, sans qu'il ait pu être affaibli par des
irrégularités insensibles pour des oreilles qui n'ont
pas encore l'habitude du mieux. Il appartient aux
poëtes de la révolution d'en faire une autre dans
l'alliance de la poésie et de la musique, et
de chercher la perfection dont cette alliance est
susceptible. Plusieurs sont en état d'y atteindre :
ils le pourront dès qu'ils le voudront, et ils le
voudront dès qu'ils en auront senti la nécessité.
La contrainte qu'on leur propose n'est pas très-
pénible ; il ne s'agit que de suivre dans tous les
vers d'un même morceau, le rhythme adopté pour
le premier, ou même seulement d'établir dans
chaque couplet des repos aux mêmes endroits. Les
poëtes ont bien l'habitude de césurer également les
vers de douze et de dix syllabes : encore y sont-ils
obligés à des césures rigoureuses, qui portent sur
la dernière syllabe d'un mot où le sens puisse être
suspendu. La musique n'est pas si exigeante ; il
lui suffit d'un simple repos sur une syllabe longue
qui soit la dernière, la pénultième, ou même la
première d'un mot, pourvu qu'elle soit suivie
d'une brève ou muette. Il faut aussi, et c'est une
règle indispensable, que de deux en deux vers,
si le couplet est de quatre vers, ou de trois en
trois s'il est de six, il y ait pour le sens un repos
plus ou moins marqué ; il faut sur-tout éviter avec
soin les enjambemens, les anticipations, et même
les inversions qui ne seraient pas très-naturelles.
Est-il donc si difficile d'assujétir les vers de sept et de

B 2

huit syllabes à des lois ainsi modifiées, lorsque pour les vers de douze et de dix on en suit de plus rigoureuses ? Et quand ce serait une peine de plus pour le poëte, croit-on que l'art n'y gagnerait rien ? Qu'on ne dise pas que les idées s'affaibliraient par cette difficulté nouvelle à les exprimer : ne sait-on pas au contraire que plus un poëte est obligé de travailler ses vers, et plus il les perfectionne ? que l'ennemi le plus redoutable est, dans le poëte, une malheureuse facilité ?

Pour faire mieux sentir aux poëtes lyriques ce qu'exigent d'eux les musiciens instruits, et qui ont le sentiment intime de leur art, (malheur à ceux qu'un faux esprit de systême rendrait indifférens sur les avantages du rhythme !) citons quelques exemples où sont mis en usage les principes que je viens de poser. Ils ne seront pas nombreux ; car cette question, qui depuis long-temps n'en est plus une pour les nations chez qui la musique est cultivée, est encore toute nouvelle en France, et beaucoup de poëtes pourront l'entendre pour la première fois.

Marmontel mérite à tous égards d'être cité en première ligne. Sans entrer même dans l'examen de son talent pour la poésie, on peut dire que nul n'a mieux coupé les vers pour la musique. Dans ses premiers ouvrages lyriques, il n'avait pas encore senti les avantages de la césure et de l'égalité du rhythme, mais il avait du moins employé celui du mètre, et avec lui le compositeur n'était pas obligé de distendre ou de resserrer son chant pour produire des phrases égales et symmétriques, avec des vers libres et inégaux.

Il sentit bientôt le mérite musical des divisions périodiques, et fit quadrer ensemble le rhythme des vers correspondans. Tel est cet air de *Zémire* et *Azor :*

1 2 3 . 1 2 1 2 3
Le malheur — me rend — intrépide,
1 2 3 4 1 2 3 4
J'ai tout perdu — je ne crains rien.
1 2 3 1 2 1 2 3
Et pourquoi — serais = je timide !
1 2 3 4 1 2 3 4
Pour moi la vie — est-elle un bien ?
1 2 3 4 1 2 3 4
Je suis tombé — de l'opulence
1 2 3 4 1 2 3 4
Dans la misère — et dans l'oubli.
1 2 3 1 2 1 2 3
Un vaisseau — ma seule espérance,
1 2 3 1 2 1 2 3
Dans les flots — est en = seveli.

On voit que le troisième vers correspond au premier, le second au quatrième, et que les suivans, de deux en deux, s'accordent avec les deux rhythmes des premiers.

Il est allé plus loin dans le même ouvrage, et dans ceux qui l'ont suivi ; témoin cet air si bien césuré quoique les vers ne soient que de cinq syllabes :

1 2 3 1 2
Du moment — qu'on aime
1 2 3 1 2
On devient — si doux !
1 2 3 1 2
Et je suis — moi-même
1 2 3 1 2
Plus tremblant — que vous.

Dans la seconde partie, voulant que l'air chan-
geât de caractère, sans changer de mouvement,
il n'a fait que déplacer la césure.

1 2   1   2 3
Eh quoi — vous craignez
1 2   1 2 3
L'escla = ve timide
1   2   1   2 3
Sur qui — vous régnez !
1 2   1 2 3
N'ayez — plus de peur,
1 2   1 2 3
La haine — homicide
1 2   1 2 .3
Est loin — de mon cœur.

Que l'on consulte encore ce duo de la même
pièce :

Le temps est beau. — J'en suis bien aise.

et les compositeurs sensibles conviendront que le
chant est à moitié trouvé, quand on a des vers
coupés ainsi.

Je citerai encore, du même poëte, un morceau
de *Démophon*, d'une plus grande étendue, et
d'autant plus remarquable, que la quantité y est
observée presqu'avec autant de régularité qu'on
aurait pu le faire dans une langue rhythmique.

1 2 3 4   1 2   3 4
Faut-il — enfin — que je — déclare
1 2   3 4   1 2   3 4
La douce — erreur — qui m'a — séduit !
1 2   3 4 1 2   3 4
Et comme — un fol — espoir — égare
1 2   3 4 1 2   3 4
L'amour — crédu = le qui — le suit !
1 2   3 4 1 2 3 4
Il me — semblait — dans le — silence
1 2   3 4 1 2   3 4
Que nos — deux a = mes s'en — tendaient;
1 2   3 4 1 2   3 4
Que nos — soupirs — d'intel — ligence

```
 1    2    3  4    1  2   3   4
Sans notre — aveu — se ré — pondaient.
 1    2    3  4    1   2  3  4
Dans vos — regards — je croyais lire,
 1   2  3  4    1  2  3  4
J'y croyais voir — une langueur,
 1  2  3  4    1  2   3   4
Une langueur — qui semblait dire
 1   2   3  4.   -   2  3   4
Je plains les pei = nes de ton cœur.
```

Non-seulement chaque vers est coupé en deux hémistiches égaux, mais les deux premières syllabes de chacun sont presque par-tout deux brèves se reposant sur une longue, ce qui semble diviser ces vers de huit en quatre parties égales.

On aurait tort de batailler sur la qualité de brève que je donne à ces premières syllabes. Toute syllabe peut passer pour brève, lorsqu'elle est suivie d'une longue sur laquelle on peut établir un repos. C'est là tout ce que la musique demande, et tout ce que la langue française peut lui offrir.

Voici un exemple plus parfait encore dans des vers de six syllabes.

```
Ciel ! où vais-je. — Ah ! mon père,
Il faut donc — tout quitter !
Quelle rive — étrangère
Allez-vous — habiter !
( Osons lui — révéler
Ce terri — ble mystère )
Ah ! mon pè = re, mon père !
( Je ne puis — lui parler ).
```

J'observe que l'emploi de la césure n'est pas aussi nécessaire dans les vers de six syllabes que dans ceux de sept et de huit; et en général cette

nécessité s'accroît en raison de la longueur des
vers. Dans ceux de neuf, par exemple, mètre
si heureusement employé par les Italiens, dont
nous n'avons en français que quelques faibles
imitations, et qui, en lui-même, a tant d'expression par la rapidité de sa cadence, dans le vers
de neuf, dis-je, il faut deux césures, deux divisions. J'aimerais à citer encore *Métastase*, qui joint
à l'uniformité des césures la quantité rhythmique
des syllabes, et je rapporterais ce morceau si connu
et si régulier :

> *Se mai sen* ⸗ *ti spirar* ⸗ *ti sul volto*
> *Lieve fia* ⸗ *to che len* ⸗ *to s'aggiri*, &c.

Mais, en faveur de ceux qui ne sont pas familiers
avec la langue italienne, je me bornerai à une citation française. Dans la disette de meilleurs exemples,
je suis forcé de tirer celui-ci de moi-même,
en observant que le poëte italien, que j'imitais,
m'avait lui-même tracé la route que j'ai suivie.

> Le ciel sait — que toujours — j'ai dit non,
> Mais la loi — le voulait — tout de bon.
> Il fallait — faire un choix — sans façon,
> Ou quitter — à l'instant — ce canton.
> Par des mons ⸗ tres, d'affreu ⸗ ses baleines
> Je t'ai cru — dévoré — sur ma foi.
> Aussitôt — tout mon saug — dans mes veines,
> Et s'arrê ⸗ te et se gla ⸗ ce d'effroi.
> Mais bientôt — dans le fond — de mon ame
> Cette gla ⸗ ce devient — une flamme.
> Oui, Fontal ⸗ be me prend — pour sa femme.
> Il m'attend — Adieu donc — laisse-moi.

(En considérant ces vers comme une suite d'ana-
pestes purs (mesure composée de deux brèves et
une longue) , on y trouverait sans doute beaucoup
de fautes; mais il suffit, pour la musique, qu'ils
présentent des repos de trois en trois , et c'est ce
qui s'y rencontre exactement.)

(J'ai dit que les vers de six syllabes, ou moins ,
n'exigeaient pas aussi impérieusement que les autres
d'être divisés par un repos ou césure; mais c'est
seulement lorsque le compositeur comprend le
vers entier dans chacun de ses membres de
phrase , lesquels alors n'ont pas ordinairement
besoin de repos. Mais dans les morceaux lents,
où le musicien emploie un chant large , il
aime à ne pas précipiter ses notes; il veut même,
dans chacun de ces petits vers , une syllabe sur
laquelle il puisse se reposer. Il desirera donc, s'il
a l'oreille symmétrique, que ce repos se trouve
toujours à la même place. Il résulte de cette obser-
vation que les vers de douze syllabes ne sont pas
propres à la musique, parce qu'offrant deux hémistiches de chacun six syllabes, ils font à l'oreille
l'effet de deux vers entiers, et que ces deux vers
n'ont ni rime ni césure. Ce défaut de rime est plus
sensible encore dans les vers croisés, où on l'attend
plus long-temps sans qu'elle arrive, et où l'oreille
est blessée par la rencontre apparente de plusieurs
vers masculins de suite , qui ne riment pas , comme
dans ces vers d'un chœur d'Athalie , qui, mis en
musique, se présenteraient à l'oreille ainsi divisés :

> Tout l'univers
> Est plein de sa magnificence.
> Qu'on l'ado = re ce Dieu,
> Qu'on l'invoque — à jamais,
> Son empire — a des temps
> Précédé — la puissance, &c.

On voit qu'il faut aller jusqu'à la fin du sixième vers, avant de trouver une rime, et les oreilles délicates, trompées sans cesse par le choc de ces faux vers masculins, sont infiniment offensées de ce retard. Je sais qu'il en est de plus accommodantes, qui comptant la rime pour rien, n'ont nul regret de ne la pas trouver. Mais pour ceux-là qui sont si indifférens sur la rime, les vers ne sont rien autre chose que de la prose; pour eux la symmétrie, essentielle à la musique et à la versification, est dépourvue de charmes. Chabanon, par exemple, qui, dans ses écrits sur la musique, a montré infiniment d'esprit et plus encore d'insensibilité, Chabanon prétendait que la prose était au moins aussi bonne que les vers à être mise en musique. Qu'on n'objecte pas que les poésies grecques et latines étaient très-musicales, sans être rimées, car ces langues étaient rhythmiques; les nôtres ne le sont pas, et c'est l'avantage de cette cadence qu'on a tâché de remplacer par l'invention de la rime. Pourquoi donc voudrait-on nous priver encore de ce faible dédommagement!

Une preuve, entre beaucoup d'autres, que dans les morceaux destinés à la musique, la rime

a paru nécessaire pour tenir lieu de la quantité
ou valeur des syllabes, c'est qu'on a cru devoir
rimer ces espèces d'hymnes connues sous le nom
de *proses* dans les églises catholiques, parce qu'en
effet la quantité qui constitue les vers latins n'y
est pas observée. Tels sont :

> Stabat mater dolorosa
> Juxta crucem lacrymosa,
> Dùm pendebat filius, &c.

> Dies iræ, dies illa,
> Crucis expandens vexilla,
> Solvit sæclum in favilla, &c.

Il est à remarquer que ces morceaux, soit dans
leur ancien plain-chant, soit lorsqu'ils ont été mis
en musique par des compositeurs, offrent une
mélodie plus agréable que tous les autres hymnes.

Mais je vois ici les prêtres des muses transportés
d'une fureur poétique ; ils s'agitent sur le trépied
sacré ; leur sang bouillonne à cette seule proposition. « Eh ! que m'importe, s'écrient-ils, que
» le rhythme des couplets s'accorde ? Ce désordre
» même que vous me reprochez, est la beauté que
» j'ai le plus recherchée. Quand j'ai voulu, dans
» mon délire dithyrambique, opposer, d'une
» strophe à l'autre, les tableaux de *Michel-Ange*
» à ceux de l'*Albane*, faire contraster la vigueur
» avec la grace, la mollesse avec la rapidité, mon
» rhythme n'a-t-il pas dû suivre l'impulsion de
» mon génie ? Mes vers n'ont-ils pas dû couler

» tantôt doucement, comme le ruisseau qui sert
» de miroir à la jeune bergère, tantôt avec la
» violence d'un torrent qui entraîne dans sa course
» les arbres, les cabanes et les rochers? Vous voulez
» que j'aille calquer froidement les vers d'une
» strophe sur les vers d'une autre, lorsqu'au
» contraire, je dois tâcher de les distinguer entre
» elles par la plus extrême variété ! C'est au
» compositeur à me suivre, s'il le peut, dans les
» élans de mon vol inégal; c'est à lui à varier
» ses idées musicales comme j'ai varié mes pensées
» poétiques, à employer de nouvelles couleurs,
» quand je lui donne à peindre de nouveaux
» tableaux. Eh! comment rendrait-il avec le même
» chant des oppositions aussi marquées ? Pourquoi
» jadis, chez les Grecs, les poëtes lyriques pro-
» duisaient-ils sur les passions des effets si incon-
» cevables ! C'est qu'ils savaient passer avec
» adresse de la gravité religieuse du mode dorien,
» à la chaleur véhémente du mode phrygien; qu'ils
» alliaient le mixolydien affectueux avec l'hypo-
» dorien d'une gaieté brillante. C'est ainsi que
» mon musicien doit varier ses accords et ses sons.
» Chacune des strophes de mes odes doit lui
» inspirer un chant nouveau. »

À cet emportement du poëte, enivré de son art,
j'opposerai le calme didactique, et ne répondrai
qu'un mot; c'est que *ce n'est pas-là ce dont il s'agit.*
Sans doute si vous voulez faire des morceaux
dramatiques, où *l'ode* soit employée comme partie

intégrante, si vous vous en servez à produire un effet imposant, mais momentané, qui n'ait de durée que celle du spectacle même, vous pouvez vous livrer à ce désordre ingénieux. C'est alors que le compositeur doit vous suivre, et vous n'avez d'autre sacrifice à lui faire, si vous avez le sentiment des formes musicales, et si lui - même en connaît le prix, que d'établir dans chaque strophe isolée, cette correspondance symmétrique, cet arrondissement périodique de vers qui s'appellent entre eux. Sans doute alors vos *odes* seront conservées dans les recueils ; on les lira de temps en temps avec l'admiration qu'elles auront méritée ; les amateurs qui en auront entendu la musique avec plaisir, pourront aussi la consulter quelquefois ; ils en applaudiront l'expression énergique et variée. Mais on vous parle d'un tout autre genre de poésie ; il s'agit de ces hymnes civiques, qui sont faites nonseulement pour embellir les fêtes nationales, mais encore pour pénétrer dans la mémoire du peuple, pour y fixer, par les charmes de la mélodie, les sentimens patriotiques, les exemples des vertus, les maximes de la philosophie et de la raison. Est-ce là le cas de s'attacher péniblement à cette expression savamment combinée! de rechercher cette variété qui repousse le souvenir !

Poëte du peuple, ton premier devoir n'est-il pas d'être populaire, et de sacrifier, s'il le faut, à ce but sacré quelques beautés poétiques d'un ordre trop élevé ! Musicien de la révolution, ne veux-tu pas rouler avec elle vers les siècles! Le pourras-tu, si ta mélodie n'est pas simple, facile, à la portée des voix inexercées à qui ton art est inconnu! Tes chants ne doivent-ils pas retentir dans l'atelier de l'artisan laborieux, et adoucir ses rudes travaux! charmer les peines du respectable agriculteur qui s'amuse dans les champs à célébrer sa patrie, en travaillant à la nourrir! Ne doivent-ils pas consoler dans ses foyers sa vertueuse épouse et sa jeune famille des ennuis de sa longue absence! Quels sont les airs qui leur conviennent! N'est-ce pas ceux dont l'élégante simplicité paraît l'ouvrage de la seule nature, qui offrent ces refrains agréables et intéressans, dont l'heureux retour les grave plus aisément dans la mémoire! Devez-vous présenter les trompettes et les brillans accords de *Polymnie*, à ce peuple qui ne veut que la flûte et les couplets d'*Érato*.

L'un des plus beaux ornemens de nos fêtes nationales, est sans doute les recueils des *odes* pompeuses de *Chénier*, où se trouvent prodiguées toutes les richesses de la poésie, et que *Gossec* embellit encore de ses chants expressifs et majestueux. Eh bien! que chante le peuple! des airs légers et faciles, où respirent le sentiment et la gaieté; la *ronde* du camp de Grandpré, *ça ira, veillons au salut de l'empire*, &c. Quel est l'hymne qui a laissé dans sa mémoire les traces les plus profondes! Celui dont les vers et la musique sont faits par un homme qui n'est ni poëte, ni musicien

de profession. C'est ce qu'a bien senti *Gossec*, qui
en a lui-même employé la mélodie dans les fêtes:
son génie a trouvé dans les ressources de l'harmonie le moyen de l'élever à la dignité convenable
par ses pompeux et magnifiques accompagnemens;
mais il a conservé avec adresse la simplicité pri-
mitive de ce chant, que la mémoire du peuple
avait déjà consacré.

Ce ne sont point des *odes*, si l'on veut, ce ne
sont point des strophes à la manière de nos lyriques
qu'on demande aux poëtes révolutionnaires ; ce
sont des hymnes, ce sont des couplets dont la
succession puisse appartenir au même chant, sans
blesser la prosodie ; et l'art de faire des couplets
n'est pas assez connu.

Le talent du musicien consiste à trouver un
motif heureux, une idée unique, dont tout le reste
du morceau n'est que le développement. Ce motif,
pour être distingué par les auditeurs, pour pénétrer
dans leur ame et y produire tout son effet, a besoin
d'être rappelé plusieurs fois à leur oreille ; et c'est
ce retour qui distingue le plus particulièrement
l'art musical. Ce qui serait un défaut en poésie,
en peinture, est en musique la principale beauté.

Dans un morceau d'une certaine étendue, il est
presque impossible que le musicien ne trouve pas
quelque vers correspondant à celui sur lequel il a
établi son motif, et qui lui serve à le rappeler, à
moins que les vers ne soient faits avec cette impéritie trop commune aux poëtes français. Mais dans

les couplets resserrés en un cadre étroit, où les répétitions ne sont presque jamais permises, il faut bien, pour que ce motif reparaisse, que le vers sur lequel il s'est assis, trouve des analogues ; et c'est sur-tout au refrain que le musicien aime à le rencontrer. Le refrain qui doit contenir la pensée la plus aiguë du poëte, est aussi ce qui occupe le compositeur dès le commencement du morceau ; c'est le but auquel il tend dans sa courte carrière ; il est tout simple qu'il y ait appliqué son motif, et il faut bien que le poëte lui fournisse les moyens de l'y faire reparaître. S'il n'est pas assez ami des formes musicales pour avoir adopté un rhythme égal dans tous les vers de son couplet, au moins faut-il qu'il s'y conforme entre ceux du refrain et ceux du commencement où le motif est exprimé.

Cette loi est de rigueur pour tout ce qui est couplet et se termine en refrain. Elle s'applique, tant aux hymnes d'un style noble, dont la dernière pensée est une maxime de vertu, ou tout autre trait intéressant qu'on veut inculquer dans l'ame à force de le répéter, qu'aux couplets dramatiques, à ces vaudevilles agréables et malins, dont la nation française possède le secret et a toujours montré le talent, plus qu'aucune autre nation de l'Europe.

Au reste, ce n'est que par sentiment qu'on peut faire adopter des règles de ce genre. On ne persuade rien par le raisonnement à quiconque manque de sensibilité. Le talent lui-même, effrayé des nouvelles lois qu'on veut lui imposer, et qu'il croira

bien

bien plus sévères qu'elles ne le sont en effet,
craindra qu'elles ne ressèrent son art dans des
bornes trop étroites, qu'elles n'ôtent à la poésie ce
mérite de la variété dont il s'est peut-être exagéré
l'idée, par l'habitude de considérer la versification sans ses rapports avec la musique. La médio-
crité, l'incapacité, la paresse les combattront plus
fortement encore, et cette proposition aura sans
doute le sort de toutes les propositions nouvelles,
celui d'être attaquée avant d'être examinée ; mais
qu'il s'élève un homme de génie qui joigne la
verve poétique au sentiment de l'art auquel il
veut allier ses vers ; qu'il essaie seulement de
s'imposer cette légère contrainte, il verra bientôt
que la difficulté prétendue n'est qu'un fantôme
facile à dissiper ; que des obstacles même, il saura
faire jaillir des beautés inconnues ; que s'il perd
quelques-uns de ses avantages, ils seront ample-
ment compensés par ceux qui naîtront pour lui-
même et pour le compositeur. Fier d'une telle
expérience, couronnée du succès, il fera parmi nous
la révolution que *Métastase* a faite en Italie dans
la poésie lyrico-dramatique. Son nom, au lieu
d'être confondu avec ceux des bons poëtes lyriques, se trouvera placé à leur tête ; c'est lui qui
leur ouvrira les portes du temple de l'immortalité.
A leur tour, dès que les compositeurs, pénétrés
du sentiment de leur art et de celui de la poésie,
auront senti l'avantage musical d'une versification
ainsi coupée, ils n'en voudront plus d'autre, et

C

la poésie lyrique aura fait un grand pas vers la perfection.

S'il est des musiciens qui aient conçu leur art d'une autre manière ; qui, insensibles à la régularité des formes, ne cherchent des effets que dans la symphonie, et se soient accoutumés à y sacrifier la partie vocale, peut-être ils rejetteront les lois d'une symmétrie qui leur paraîtra froide ; peut-être qu'ils croiront leur génie plus à l'aise dans le désordre d'une versification coupée au hasard ; ils ne seront pas même blessés par les fautes de prosodie que ce désordre entraîne nécessairement d'un couplet à l'autre. Il faut les laisser faire ; ils ont bien réussi sans cela, ils pourront réussir encore, jusqu'à ce que les oreilles françaises, éprises d'un charme nouveau, ne veuillent plus entendre les ouvrages qui en seront dépourvus.

Vous qu'un gouvernement ami des arts a placés à la tête d'un établissement qui doit ajouter un jour à la gloire de la France ; d'un établissement appelé depuis long-temps par les vœux de tous les amateurs de l'harmonie, auxquels moi-même j'ai osé mêler les efforts de ma plume et de ma faible voix ; d'un établissement dont l'organisation, qui donne déjà de hautes espérances, peut-être encore plus parfaite, lorsque le gouvernement aura lui-même acquis plus de consistance et de solidité ; professeurs, administrateurs du conservatoire de musique, compositeurs, c'est à vous que j'adresse cet écrit.

Ce n'est pas pour former votre opinion sur l'objet dont il traite : tous ou prerque tous, éclairés par l'expérience et vos propres réflexions, vous avez senti d'avance la réalité des principes que j'établis, la *nécessité* des lois que je propose ; si je publie séparément ces observations que j'ai déjà disséminées dans la partie musicale de l'Encyclopédie méthodique, c'est d'après les sollicitations de plusieurs d'entre vous ; c'est l'intérêt de votre art, c'est votre cause que je défends ; mais c'est à vous seuls qu'il appartient de la faire triompher. Employez tous les charmes de votre art, et cet ascendant victorieux qu'il vous donne, pour faire pénétrer doucement la persuasion dans l'ame irritable des poëtes, *genus irritabile vatum*. Vous leur proposez des entraves qui jusqu'à ce jour leur étaient inconnues ; attendez-vous à des résistances, présentées avec l'adresse captieuse que sauront employer des esprits exercés ; vous n'aurez à leur opposer que le sentiment, mais ce sera votre arme la plus sûre.

On a souvent comparé à l'union conjugale, l'association des poëtes et des musiciens ; on a dit que le poëte, au génie mâle et vigoureux duquel on doit l'invention, le dessin, la création première, représentait l'époux. Si tout ce qui tient à l'embellissement, la grace, l'adoucissement des formes ; si l'art de cacher les défauts, de faire ressortir les beautés, d'ajouter à l'expression ; si ce charme qui séduit, qui émeut, qui entraîne, sont

particulièrement l'apanage du compositeur, n'est-
ce pas lui qui représente l'épouse ? Hé bien,
poursuivez, complétez cette allégorie, usez pour
l'avantage commun du pouvoir que vous donne
le rôle que vous jouez dans l'association; sûrs que
ce que vous demandez est bien, priez, pressez,
exigez, importunez même, pour que ce bien se
fasse ; vos sollicitations obtiendront, à coup sûr,
ce que l'amour-propre eût refusé au simple raisonnement ; et bientôt les poëtes, étonnés d'avoir
vaincu avec moins de peine qu'ils ne se l'étaient
figuré, les difficultés que vous leur aviez impo-
sées, seront frappés eux-mêmes des avantages qui
en résulteront : vous les verrez s'applaudir d'une
complaisance qu'ils avaient d'abord regardée
comme une faiblesse, et, semblables à des époux
fiers, mais justes, ils seront les premiers à vous
rendre grace de les avoir contraints d'ajouter à
l'art ce nouveau perfectionnement.

F I N.

www.ingramcontent.com/pod-product-compliance
Lightning Source LLC
Chambersburg PA
CBHW060855180626
46818CB00004B/1720